金篮子
旅店

The Golden Basket

[美] 路德维格·贝梅尔曼斯 ◎ 著　潘华凌 ◎ 译

湖南文艺出版社　小博集

· 长沙 ·

© 中南博集天卷文化传媒有限公司。本书版权受法律保护。未经权利人许可，任何人不得以任何方式使用本书包括正文、插图、封面、版式等任何部分内容，违者将受到法律制裁。

图书在版编目（CIP）数据

金篮子旅店 /（美）路德维格·贝梅尔曼斯著；潘华凌译. -- 长沙：湖南文艺出版社，2024. 11.
ISBN 978-7-5726-2009-6

I. I712.84

中国国家版本馆 CIP 数据核字第 2024UU2238 号

上架建议：畅销·儿童文学

JIN LANZI LÜDIAN
金篮子旅店

著　者：	[美] 路德维格·贝梅尔曼斯
译　者：	潘华凌
出版人：	陈新文
责任编辑：	吕苗莉
监　制：	李　炜　张苗苗　文赛峰
策划编辑：	马　瑄　李孟思
特约编辑：	张晓璐　杜天梦
营销支持：	付　佳　杨　朔　周晓茜
版式设计：	马俊嬴
封面设计：	梁秋晨
内文排版：	金锋工作室
出　版：	湖南文艺出版社
	（长沙市雨花区东二环一段 508 号　邮编：410014）
网　址：	www.hnwy.net
印　刷：	天津盛辉印刷有限公司
经　销：	新华书店
开　本：	875 mm × 1230 mm　1/32
字　数：	44 千字
印　张：	3
版　次：	2024 年 11 月第 1 版
印　次：	2024 年 11 月第 1 次印刷
书　号：	ISBN 978-7-5726-2009-6
定　价：	15.00 元

若有质量问题，请致电质量监督电话：010-59096394
团购电话：010-59320018

第一章
金篮子旅店 / 001

第二章
领扣、金怀表、金鱼,以及卡尔内瓦尔先生 / 010

第三章
法国将军,黄瓜沙拉,十七号房间里的潜水艇 / 025

第四章
布鲁日钟楼 / 036

第五章
大教堂、小修女们和玛德琳,以及阿维尼翁桥 / 043

第六章
金篮子旅店的厨房和厨师,布鲁日市的市长 / 051

第七章
秃头查理和秃头鲍德温,一次落水和两只天鹅 / 063

第八章
博物馆、马车和雪橇 / 073

第九章
轿车、卡尔内瓦尔先生的餐巾,以及镶着金牙的水手 / 084

第一章

金篮子旅店

那匹疲惫的马拉着车缓慢前行着,马蹄踩踏在鹅卵石路面上,发出嘚嘚声。马车走过两条街道和一座广场——广场周围全是房屋,一片寂静,没有灯光。然后,马车行至一盏路灯下,车夫用鞭子指着一幢房子——房顶上立着一个金篮子的那幢——勒住了马匹,马车停在了房屋前面的街道上。

车夫按响了上面写着"夜间"两个字的门铃。片刻之后,房子里出来了一个身上系着工作围裙的旅店行李工。他从车夫旁边的座位上卸下两个包和一个行李箱,然后把它们搬到了室内。

金篮子旅店

一位身材魁梧的男士顺着马车的踏步走了下来。他身穿一件又厚又长的外套,头戴一顶粗花呢的帽子。他双臂伸到幽暗的马车里,从里面拎出了一个手提式帽盒,拿出了一把雨伞,还抱出了自己两个年幼的女儿。他让她们站在地上。天气寒冷,她们躲到了他的外套下面,依偎着他,等待他给车夫支付车费。

行李工从一块黑板处取了两把钥匙,肩上扛着那个行李箱,一条胳膊下夹着那两个包,领着大家上楼。两个小女孩跟在他身后爬上楼梯——上了一级又一级。她们的爸爸拿着剩余的东西走在她们后面。

行李工打开了两个房间的门锁,放下沉甸甸的行李。两个小女孩坐在行李箱上,眼睛都快睁不开了。

爸爸把她们安顿到床上睡觉,仔细地替她们盖好被子,然后对她们说了声"晚安"。他打开房间的窗户,又看了看两个女儿。紧接着,他给自己的金怀表上了发条,关掉灯,然后走进隔壁房间睡觉去了。

但是他睡不着,躺在床上辗转反侧,嘴里咕哝着。

第一章 金篮子旅店

他一会儿仰卧着面对天花板,一会儿侧卧着面对墙壁,然后又俯卧着把脸埋在枕头上。他每到一个陌生地方,第一宿都会认床。黑漆漆的房间里,时间缓慢地过去了。每过十五分钟,时钟就会发出喳喳的报时声。他数着报时声,直到两点四十五分,才合上眼睛睡了。

室外钟楼上的排钟响起了五点的报时声。冷飕飕的空气灌入两个小女孩睡觉的房间里。冷风顺着墙壁轻轻地吹,吹得悬在床边的一段细绳晃来晃去,犹如嬉戏玩耍一般。

年龄较小的那个女孩醒了,她用目光跟随着那段晃动的细绳。她一把抓住细绳,扯了一下。这一扯把灯给扯亮了,惊醒了她的姐姐。

姐妹两个在大床上坐了起来,打量着整个房间。

这个令人惊奇的房间和里面的家具陈设一定是替某个年龄很大并且喜欢红色的人准备的。墙纸是红色的,上面印着颜色更红的玫瑰花。那些玫瑰花上有红色的茎、红色的叶和红色的刺。

金篮子旅店

灯光来自两朵粉红色的玻璃百合花。两朵花似乎是从大床上方的墙壁上长出来的。那段细绳从那儿垂落下来。

房间的另一端立着一个带三个抽屉的盥洗台。每个抽屉都很大，大到人可以躲在里面。盥洗台上配了一块红色大理石面板，面板上摆放着两个宽大的陶瓷洗脸盆，盆里放着水壶。洗脸盆是黄色的，上面印着红色的画，画上是一位美丽的女士，她坐在一棵大树下的秋千上，一位穿着齐膝短裤的先生正在推动秋千。画的背景中站着一只羊羔，两眼低垂，脖子上还系着一个蝴蝶结。旁边还有一个吹着长笛的牧羊人。

洗脸盆的后面是一面镜子，镜子很宽大，可供一大家子人同时照。

窗户上挂着深红色的长毛绒窗帘。两边各有一串绒球垂落下来。整洁的地毯已经褪色了，还有些磨损，但还是红色的。地毯中间的位置藏着一处补丁，上面放着一把大椅子。椅子上铺着簇绒的布，周围还有流苏垂下来。椅子是熟透了的西红柿的颜色。

"我喜欢这儿,这里非常漂亮,"大床上的一个女孩小声说,"但我们需要一架梯子才能从床上下去。"

另外那个女孩竖起一根手指放到嘴唇边。"嘘!听,多么悦耳啊!"时钟只敲响了一下——五点十五分,但紧接着,窗户外的高空中,钟楼上的排钟奏响了一支美妙的歌曲。

两个小女孩站在床上,绕着床转圈,那架势跟杂技演员在网架上表演一样。她们往地板上扔了几个厚厚的枕头,跳到枕头上面,然后蹦蹦跳跳地跑到了窗户边,把窗户开得很大。

在她们面前,窗外和与她们一样高的地方,耸立着一座纪念碑,上面有两尊雕像——男人的雕像,周围立着四根高高的灯柱。高一点的那尊身披斗篷,手举旗帜。那尊雕像的斗篷下面蹲伏着一些睡着的鸽子。一幢幢建筑围绕着纪念碑,矗立在宽阔的广场上,犹如描绘在天空中的画面。有一幢建筑拥有方正的基座和最高的

金篮子旅店

钟楼。最大的建筑是一幢气势恢宏的楼房,屋顶有林立着的三角墙,有拱形的窗户,有宽阔的楼梯,有厚重的房门。楼房入口的两侧各摆放着一尊石狮子。

天还没有亮。所有的塔楼、三角墙、房顶和街道都呈现出深蓝色。街灯发出的黄色光线照到了高耸的塔楼上的一扇狭窄的窗户上。排钟奏响的音乐就是从那扇窗户里传出来的。

每幢房子的房顶上都矗立着一根长杆。长杆顶部固定着一些金属标志物,有星星、船只、公鸡、旗帜等,其中一根上面甚至立着一位金色少女。有些标志物会在风中无声转动。

报时的钟声再次响起。钟声停息后,全城各处教堂的钟声又响起来了。两位身穿黑色连衣裙的小老太太匆匆穿过那座广场。

那些高耸的塔楼中,有一座的顶端是一个镀金圆球。圆球开始闪光,然后在初升的太阳的照射下闪闪发亮,犹如一颗圆形的星星。塔楼褪去了深蓝色,一侧变

第一章 金篮子旅店

成了那块褪色地毯一样的暖红色。随着太阳冉冉升起，一道阳光映照到了一条街道上，将所有的房子染成了绿色、紫色、棕色和橘黄色——房主们先前把他们的房子油漆成什么颜色，太阳光线就将其染成什么颜色。深蓝色的光芒消失了，那位美丽的金色少女伫立在她的房子上，把她周围的尘般的金光倾泻到新的一天里。

这座城市已经苏醒了。那些鸽子抖了抖翅膀，振翅绕着小圈飞，然后落到那尊更高的雕像的头部和手臂上。有个男子拉开了自己店铺的百叶窗。一辆运送牛奶的四轮运货车驶过街道，拉车的竟然是一条套着挽具的狗。狗停下脚步，躺了下来。这时，那个刚才给狗搭手一起拉车的女人从车上卸下一大桶牛奶，搬运到一幢房子里去了。一盏盏街灯仍然亮着。一个弯腰曲背的男子，正举着一根长杆熄灭街灯。长杆上系了一根金属线。那人举起长杆对着街灯，拉了一下金属线，灯便熄灭了。他先是熄灭了纪念碑四周的几盏灯，然后走向旁边的那个街角。

一匹高头大马拉着一辆四轮运货车过来了,马的身子与车身隔着很远的距离。两个士兵走上前,从货车上卸下一些木板。不一会儿,更多的士兵拿着工具过来了。他们把木板拼在一起,然后在上方装了一个顶棚——一个室外音乐台搭建完成,上面摆放着椅子、乐谱架和一个供乐队指挥站立的小台子。

一个邮差骑着自行车路过,车上载着一个很沉的邮包,里面装满了信件。士兵们朝他挥手示意,喊了他的名字。他也挥手回应。那个负责熄灭街灯的人横穿过广场返回,他已经完成了工作。士兵们也向他打了招呼。看起来,这里的人们彼此都很熟悉。这会儿,一辆有轨电车驶过。电车的车身很短,车上的响铃发出当当声,不同于老家有轨电车上响铃时发出的当啷声。

透过这扇窗户,两个小女孩的眼前是一片崭新的世界:新的语言、新的警察、新的糕点店和新的灯柱。她们长这么大第一次看到这样一片新世界。连马匹、狗狗和云朵似乎都不一样。只有麻雀和鸽子看起来跟她们在别的地方看到的一样。

两个小女孩感觉很冷,于是关上了窗户。地毯看起来很暖和,但实际上是冰凉的。她们踮着脚走向门口,打开了房门。

温暖的空气顺着楼梯涌上来。鼻子闻到了好闻的气味——有人在煮咖啡、加热卷饼。不知从什么地方还传来了用力擦洗的响声。

女孩们敞开房门。她们借助那把西红柿颜色的椅子爬回大床上,钻进了红色的被窝里,又温暖又舒心。

第二章

领扣、金怀表、金鱼，以及卡尔内瓦尔先生

"纽扣，纽扣，领子纽扣，我的领子纽扣哪儿去了？"科吉歇尔先生问。

两个小女孩从隔壁房间走了出来。"纽扣，纽扣，你在哪儿呢，领子纽扣？"她们检查了桌子下面、椅子下面和梳妆台下面，最后终于在那枚纽扣应该在的地方找到了它。它就在一个盒子里面，和领结、剃须刀片，以及手帕放在一起。

"今天谁帮我打领结呀？"科吉歇尔先生问。两个小女孩中年龄较大的梅莉桑德挪来一把椅子，站到上面，伸手才刚够到身材魁梧的爸爸的颈部。她在爸爸宽阔的

第二章 领扣、金怀表、金鱼,以及卡尔内瓦尔先生

衣领下面打了个漂亮的蝴蝶形领结。

另外那个小女孩塞莱斯特倚靠着爸爸,双臂抱着他。她对着他的肚子哼唱着歌曲,一只耳朵贴着他的马甲口袋。口袋里传来一块非常精致的金怀表的嘀嗒声。怀表上有个按钮,按一下,表盖就会弹开。表盖的内侧镌刻着这样的文字:"赠予我们敬爱的老板。——雇员们敬赠,1925 年 4 月于伦敦。"

上述这一切发生在比利时布鲁日城的"Hôtel du Panier d'Or"——意为"金篮子旅店"——顶层的两个房间里。

这是一家很舒适的旅店,有为数不多的几间客房,有一间精致的厨房,还有一座很棒的酒窖。旅店建筑非常古老,要不是右侧、左侧,以及后面各有一幢房子支撑着,它老早就散架倒塌了。

这家旅店承载了漫长的岁月,犹如一个疲惫不堪的人靠坐在一把大扶手椅上,身子可以朝除了椅子前面之外的其他三个方向倚靠。

金篮子旅店

塞莱斯特和梅莉桑德已经准备好了，梳好头发，穿上白色的小袜子。她们的爸爸也穿戴整齐，收拾好了一切。

梅莉桑德帮爸爸掸掉了袖子上的灰尘。他们下楼到餐厅里吃早餐。

楼梯很陡，踩上去会嘎吱作响。科吉歇尔先生缓步下楼。两个女儿在餐厅门口等他，然后跟着他进入室内。

早晨的阳光透过奶油色的窗帘照射进来。科吉歇尔先生的餐桌在餐厅左侧的一角，上方悬挂着枝形吊灯。他坐在那儿既可以看报纸，又可以避开室内的通风气流。

餐厅另一侧坐着两位英国女士，她们看上去长得很像，而且是一起外出旅游的。她们面对面挺直身子坐着，吃着她们量很少的早餐——咖啡、牛奶和黄油面包，每人花费六法郎。

她们的椅背上各搭着一件动物毛皮——赤狐毛皮。其中的一只狐狸是斗鸡眼，这样人们就可以区分她

第二章 领扣、金怀表、金鱼，以及卡尔内瓦尔先生

们了。

科吉歇尔先生先朝两位女士鞠躬致意，然后才坐在自己的座位上。塞莱斯特和梅莉桑德恭恭敬敬地向她们行屈膝礼，然后爬上了自己的椅子。

两位女士露出了甜美的表情，礼貌地频频点头，以表达对他们的谢意。其中一位女士透过一个带握柄的眼镜露出微笑，人们管那种眼镜叫"长柄眼镜"。她们举止优雅，问候了一声"早上好"——说话声音非常柔和，父女三个人几乎都听不见。

科吉歇尔先生坐在两个女儿中间的位置上，他的面前放着一些书信。他摸了摸身上的几个衣服口袋。"我的眼镜，孩子们，请去取一下我的眼镜吧，顺便拿把雨伞下来，天似乎要下雨了。"

女儿们离开后，科吉歇尔先生点了早餐，给自己的金怀表上了发条。然后，他搓了搓手，摆弄着面前的调羹。过了一会儿，早餐端上来了。是卡尔内瓦尔先生来为他们服务的。他给孩子们上了热巧克力和卷饼，给她

们的爸爸上了熏制的鲱鱼、茶水和伦敦《泰晤士报》。

两个小女孩还在楼上。卡尔内瓦尔先生伸手摸了摸装着热巧克力的那个壶,它在慢慢变凉。"我上去看看她们被什么事给耽搁了。"他说。

"我的眼镜,"科吉歇尔先生说,"她们帮我取眼镜去了。我不记得我把眼镜放在哪儿了,但她们会帮我找到眼镜和雨伞的。天似乎要下雨了。会下雨吗,卡尔内瓦尔先生?"

"报纸上是这样说的。"卡尔内瓦尔先生开口说。紧接着,厅堂那边传来有人下楼的声音。"她们下来了。"他把刚才的话说完了。

孩子们进入餐厅,又爬上了她们的椅子。"爸爸,楼上有个男孩,住在我们房间上面的那间。那个房间像顶帐篷一样,正好在房顶下面的阁楼上,有一个很小的窗户。他有一条漂亮的金鱼和一辆自行车,但那条金鱼长了麻疹。他还在一个罐头瓶子里面养了一只青蛙。"

"那只青蛙是绿色的,看起来很饿。我们得捉些苍

第二章 领扣、金怀表、金鱼，以及卡尔内瓦尔先生

蝇给青蛙吃。那只青蛙每天可以吃六只苍蝇，非常聪明。青蛙待的瓶子里面有一片微型湖泊、一个青苔做的花园、一块石头，还有一架小梯子。当青蛙待在梯子顶上时，太阳就会出来照耀大地；但当它下来待在湖泊或花园里时，就会下雨。他正在造一艘船——不，造船的不是那只青蛙，爸爸，而是那个男孩子。他名叫'吉恩'，'吉祥'的'吉'，'恩情'的'恩'，但您念成'简单'的'简'了。他还有一个名字叫默伦。他爸爸妈妈是这家旅店的老板。过一会儿他就下楼了。这是您的眼镜，但我们没有拿雨伞下来，因为青蛙的预测不会有错。"

为了证明不会下雨，吉恩进入了餐厅，手上拿着那个养青蛙的瓶子。他把瓶子放在科吉歇尔先生面前的餐桌上。在两个小女孩的帮助下，他模仿了刮风、下雨和打雷的声音，并且表演得惟妙惟肖。那只青蛙扑通一声跳下梯子，跳进了湖水里，愤怒不已，搅起了很多泡泡。

科吉歇尔先生说，他心里已经没有丝毫疑问了，这

样一只养在瓶子里面的单纯、湿漉漉的小青蛙竟然这样熟悉天气，真的很神奇。

"那座钟楼，孩子们，吃过早餐后，我们将步行横穿大广场，爬到钟楼顶上，去参观一下钟楼上的排钟是怎样奏响的。吉恩，这是你的天气预言家。去问一下你妈妈，你可不可以和我们一起去。"

就在这时，窗帘朝室内飘动起来，一只玻璃杯倒了，滚到餐桌的边缘，掉落到地板上摔碎了。天空中突然电闪雷鸣，宽阔的广场上下起了瓢泼大雨。

卡尔内瓦尔先生关上窗户，打开了灯。豆大的雨滴击打在窗玻璃上。那只青蛙蹲坐在湖水深处。

"他还有台照相机。"梅莉桑德说着，指了指吉恩。

"我们先吃完早餐，孩子们。然后，你们可以和吉恩一起上楼。"科吉歇尔先生说。他的耳朵可"尖"了，连孩子们没有开口提出的问题，他都能够"听出来"。

吃过早餐后，两个小女孩把用过的餐巾折成圈，然后与吉恩一起离开了。

第二章 领扣、金怀表、金鱼,以及卡尔内瓦尔先生

宽大的烟囱穿过阁楼的地板。阁楼前部是一堵隔墙,墙上有一扇门,门上加了一把笨重的锁。吉恩取出藏着的钥匙打开了门,里面就是他的卧室。

房间里摆放着一张小床。吉恩头枕着枕头时,可以仰望天空,因为房顶装着一扇有绿色厚玻璃的天窗。

透过这扇小小的天窗,可以看见云朵和星星,还可以看见飞过旅店上方的鸟的影子。有时中午时分,一只大猫会躺在那儿晒太阳,俯视下面的房间。

遇到像今天早上这样的下雨天,雨点溅落在玻璃上,人站立在下面却不会被淋湿。

雨水持续从瓦片上汩汩流下来,注入铅灰色的排水沟里。而雨水会汩汩流上好几天呢。

青蛙感到厌烦了,不愿意继续蹲坐在湖水里,于是爬到了梯子的中间。孩子们开始在整个旅店内捕捉苍蝇给青蛙吃。很快,旅店里的人都来帮忙了。遇到这样的天气,大家也没有别的什么事情可以做。

甚至那两位结伴旅游的女士中,较年轻的那位都要

金篮子旅店

一试身手。她把自己正在翻阅的《布鲁日游览指南》放到一边,一只手在空中嗖嗖地挥动着。紧接着,她小心翼翼地从握紧的拳头一端往里面看,但当她缓慢抬起自己的小指时——嗡嗡,苍蝇飞走了。苍蝇真的不容易捉。塞莱斯特是捕蝇高手。苍蝇落在玻璃杯子的边缘,落在画框上,落在窗户的角落里,甚至飞在空中,她都可以捉住。

那只青蛙耐心地等待着,等有人过来打开瓶盖,给它一只苍蝇。那时候,青蛙会从自己所在的任何地方蹦出来,它一张嘴就能咬住苍蝇。吃过苍蝇后,青蛙便把自己的身子贴在瓶子壁上,冰凉的白色肚皮一起一伏。青蛙的趾尖上是一个个小圆球,颜色和大小跟小水珠一样。过了一会儿,青蛙往下伸出一条腿,紧接着伸出另一条,跳到下面的湖水里,合上了眼睛,没有向任何人表达谢意,直接就睡觉了。

紧挨着吉恩房间的那个烟囱的另一侧是另一个房间的门。那个房间是吉恩的好朋友卡尔内瓦尔先生的

第二章 领扣、金怀表、金鱼,以及卡尔内瓦尔先生

卧室。

卡尔内瓦尔先生身材矮小,面颊红润,头上有一小撮白头发,在脑后整齐地一分为二。他蓄着一小撮八字胡和络腮胡。他无论什么时候都穿着燕尾服,后面拖着长长的燕尾。他总是随身携带着一块餐巾四处走。大部分时间里,他把餐巾掖在腋下,让它飘在身后,犹如一只无力折叠的翅膀。

他负责餐厅的服务工作,头衔是"maître d'hôtel",意为"旅店事事通"。但没有人这样叫他。很多年过去,住店的客人干脆管他叫"卡尔内瓦尔先生"。客人们喜爱他,尊重他对工作的自豪感。他则会以宽容大度来回报客人对他的友谊和尊重。

他会花费几个小时把餐巾折成各种令人惊叹的形状,于是当餐巾摆放在餐桌上时,看起来就像是天鹅、风车、帽子或船只。遇到客人过生日时,他会构思出诗句,厨师则会用粉红色的翻糖将诗句绘在蛋糕上。

他每天夜晚都会感到很疲惫,于是缓步上楼,到自

己的房间睡上五个小时。他孑然一身，无亲无故，从来没有休息过一天。少数几次他在城里跑腿办事时，也是穿着燕尾服出去的。

卡尔内瓦尔先生夜里最后一个上床睡觉，早晨最先下楼干活。

遇上连续多日下雨，旅店生意清淡时，他才会在下午稍稍休息一下。

第三个雨天的下午三点钟，他上楼走进房间，坐在床上。

孩子们听见他自顾自地轻声吹着口哨。

塞莱斯特对吉恩说："谁把卡尔内瓦尔先生的头发梳成中分的？"

"他自己。"吉恩说。

"自己可以在脑后梳中分？"梅莉桑德问。

"当然可以。"吉恩说。

"我们不信。"两个小女孩异口同声地说。

她们敲了敲房门。卡尔内瓦尔先生会让她们进去

第二章 领扣、金怀表、金鱼，以及卡尔内瓦尔先生

吗？他可以梳头发给她们看吗？

"当然可以，肯定的。"她们真的可以进去吗？

"啊，我们认为是这样，这是在玩戏法。"梅莉桑德说。

卡尔内瓦尔先生站在一面大镜子前，前倾着身子。他左手举着另一面镜子，放在后面对着脑袋。那面镜子有个长柄。他用右手分开头发。

吉恩弄湿了自己的头发，尝试起来。这样的技巧需要不断练习。

但那儿还有更加有趣的事情。她们想要看看卡尔内瓦尔先生的衣服口袋里有什么吗？她们当然想看。

当卡尔内瓦尔先生从衣服口袋里往外掏东西时，梅莉桑德和塞莱斯特一声不吭地看着他，感到非常惊讶。

卡尔内瓦尔先生从燕尾服的口袋里开始掏东西。这件燕尾服非常厚重，如果他之前什么时候穿着这件衣服不慎落水，那现在就肯定见不到他啦。他的衣服上到处都是口袋，里面装着各种各样的东西，令人眼花缭乱。

有开往美国的轮船班次表，有船只、飞机和火车的运行时刻表，有前往挪威和开罗旅游的时间安排表，有布鲁日城的游览路线图，有一个结实的皮夹子，里面装着比利时、英国和法国的纸币，有一本挺厚的黑色小笔记本，这是他记账用的，另一本笔记本上面记录着帮助住店客人转寄信件的地址，还有一份比利时全部优秀旅店的清单。

裤子口袋里装着好几磅①重的硬币。硬币按照不同面额分了类，这样找零时会很便捷。还有一把精致的折叠刀，配有折叠剪、指甲锉和螺丝刀。瓶塞钻和开瓶器用一段细绳绑在一起，形成了一个组合。为了节省时间，他把这个开瓶组合拴在身后燕尾下面裤子中间的纽扣上，荡来荡去。

甚至连燕尾服的燕尾上都有几个口袋。为了伸手能够得着那些口袋，卡尔内瓦尔先生必须尽力弯腰。燕尾

---

① 磅：英美制质量或重量单位，1 磅合 0.4536 千克。——编者

第二章 领扣、金怀表、金鱼，以及卡尔内瓦尔先生

上的一个口袋里装着一把精致的玳瑁梳，还装着一个扁平的金属小盒，里面放了一些药丸，他每隔两个小时必须就着一杯水服用三颗药丸。另一个口袋里装着一本菜谱，套在一个有浮雕装饰的皮夹子里面。但卡尔内瓦尔先生身上的装备还不止这些。他的上衣翻领下面别了十来枚别针，马甲右边的口袋里插着一支自来水笔和几支铅笔。其中一支铅笔是专利产品，可以写出红蓝两种颜色的字，另一头还装着一块橡皮擦。

马甲左边的口袋里装着一块带表链的怀表和一块圆形的阅读镜片，又称为"单片眼镜"。

"东西都在这儿了！"卡尔内瓦尔先生说。他这会儿身子瘦多了。紧接着，他又小心翼翼地把每一样东西塞回身上的口袋里，让一切回归原位。然后，他说，天正在放晴，明天可能会是个大晴天。到时候，他们可以把那条船拖到水里去。"这儿，"他把手伸到身上那个装旅行资料的口袋里，从交通工具运行时刻表和布鲁日游览路线图中间拿出一份蓝色图纸，"这儿是那条船的平面

图。"那是他先前协助吉恩建造的一条小船。"小船七英尺①长，三英尺宽，可以容纳六位乘客，配备了结实木材制作的双桨。船身漆成了蓝色。油漆现在应该干了。但愿那个棚屋替小船挡了雨。"

钟楼上的排钟敲响了一刻钟的报时，卡尔内瓦尔先生必须得下楼去了。他倒退着下楼，也就是下梯子时的那种姿势。这样的下法更加安全，因为他有近视眼。

到了楼下的餐厅后，他便走向自己的写字台。写字台摆放在一道屏风和一些人造棕榈树后面。他看书时不喜欢戴眼镜，但还是勉为其难地捏着那块圆形阅读镜片，对着右眼，身子后仰，闭起了左眼。正是在这样的时刻，才显得他非常重要。他在一张粉红色的纸上写道："给十二号房间的客人准备两杯茶和两份烤面饼。"时间将近五点了，那两位结伴旅游的女士会在这个时间下楼来用茶点。

---

① 英尺：英美制长度单位，1 英尺合 0.3048 米。——编者

第三章

法国将军，黄瓜沙拉，十七号房间里的潜水艇

每天早上九点，一个个小盆里的常青植物需要浇水。中午时，餐厅的几扇门会准点打开。下午五点的报时声响起时，门窗前面的遮阳篷要收起来。每晚十点三十分，要给楼上八号房间送去一大碗黄瓜沙拉。

金篮子旅店住着一位退伍的法国将军，他会在半夜三更从床上坐起来吃黄瓜沙拉。

一位称职的旅店老板不会去质疑客人提出的各种需求，也绝对不会去询问人家为什么需要这般奇怪的东西。他甚至都不会主动去告诉他们，某种东西对身体不利。他或许心里会那么想，但无论他感到多么诧异，他

还是会说:"请稍等片刻。"然后他会尽快去找到客人要求的任何东西。如果一时间找不到,他便会打发人外出寻找。吉恩经常被打发出去跑腿,寻找很难找到的东西。但是,先前从来没有哪个人要求他出去寻找一个潜水艇的舵轮。

两个小女孩走出餐厅,发现吉恩正在清点一叠餐巾。

"我们想找,"梅莉桑德一边说,一边抓住吉恩外套领口边的那颗纽扣,"一个带柄的东西,那个柄可以像这样不停地旋转。那个东西可以用来给我们的潜水艇掌舵。"

"等等,"吉恩说,"什么东西?"

"潜水艇。不错,一艘潜水艇。"塞莱斯特一边说,一边单脚跳跃着,"一艘船,你知道吧——水下航行的船。"

"知道,当然知道——给潜水艇掌舵——"

"一个可以转动的柄,那东西非常非常简单。"梅

第三章 法国将军，黄瓜沙拉，十七号房间里的潜水艇

莉桑德主动解释说。"你可以担任艇长。"塞莱斯特补充说。

"潜水艇的艇长吗？"

"不错，当然是潜水艇的。"

"但我得先清点好这儿的全部餐巾。"

"不行，我们等不了了，吉恩，但我们返航后会帮你清点。"

"你们的潜水艇在哪儿呢？"

"在楼上，我们的房间里。"

"十七号房间吗？"

"不错，在十七号房间里。"

"让我想想，"吉恩说，"带有可以转动的柄的东西……那台绞肉机固定在桌子上了，冰激凌机太过沉重，不能搬到楼上去。啊，有啦，那台咖啡豆研磨机！那个可以用得上。你们在这儿等着，我去取。"

两个小女孩说得没错，一艘准备起航的潜水艇停在房间的中央。

潜水艇是用两把椅子搭成的。两把椅子背靠背放在房间中央的地板上。

科吉歇尔先生的外套构成了艇身。一只袖子用一根手杖支撑起来，成了潜水艇上的瞭望塔和潜望镜。

"你，吉恩，将担任潜水艇的艇长。"塞莱斯特说。

门口传来敲门声。是旅店的女招待吉琳娜来了。

"将军先生出去了，明天才会回来。他之前把自己的制服送去裁缝店熨烫了，以便下星期可以穿着去参加一场在布鲁塞尔举行的退伍老兵阅兵式。制服已经熨烫好送回来了，但他拿走了房间的钥匙，我无法把衣服放回他的房间里。我可不可以把这套衣服挂在你们房间的衣橱里，明天再取走？你们的衣橱很宽敞。将军先生对制服非常讲究。"

谁能够责怪他呢？这套制服就是为参加阅兵式做的。阅兵式上有小号吹奏手和马匹。

制服外面是蓝色的，里面是亮红的衬里。两个袖口处镶缀着大块金边。胸前缀着几排勋章。双肩上垂着绳穗。腰间有一些挂钩,那是用来固定悬挂佩剑的腰带的。

制服熨烫得很平整,两个袖管里塞满了粉红色的绵纸。制服散发出裁缝店的气味。

吉琳娜把制服挂到衣橱里,她提着制服时让它离自己的身子远远的。她微笑着说:"谢谢你们——将军会感谢你们。"女招待说完出去了,顺手带上了房门。

"谢谢你。"梅莉桑德说。

"艇长必须有一套制服——"

"我们有一套呢。"

"挂在衣橱里。"塞莱斯特说。

"试穿一下吧,吉恩。"

"有点太大了。领子需要往里收缩一点,还有袖子——你的两只手在哪儿呢,吉恩?"

她们把制服的袖管卷起来,又从窗帘上扯下一段带流苏的绒绳,绑在吉恩身上。

"看看自己吧,艇长——对着这儿的镜子看。"

"他真的太……太神气啦。"梅莉桑德说。

"我可以给潜水艇掌舵吗?"吉恩一边问,一边爬进潜水艇。

"我们会让你掌舵,因为这是你首次出航。这儿,握住舵盘。"她解开当艇身用的外套的纽扣,艇长进到了里面。他必须仰面平躺,舵轮处在胸前的位置。他看不见别的,只看见一小束亮光顺着潜望镜照下来。大家都知道,潜水艇里面的空间有多么狭窄,多么不舒服。

"我们待在甲板上,"梅莉桑德说,"因为我们要在上面巡逻。我们必须保持警惕,向你报告一切情况。我们必须称呼你为'长官'。"

"这只是按照惯例行事罢了。"艇舱里的那个声音说。

"但是,艇长大人,"塞莱斯特说,"你必须对我们的报告表示认同,并且我们向你报告的一切,你都要说'很好——继续!'。"

"这也是按照惯例行事。"那个声音回答说。

第三章 法国将军，黄瓜沙拉，十七号房间里的潜水艇

可以这样说，两个小女孩考虑得可仔细了。很显然，潜水艇最需要的是水。塞莱斯特早就想到了水的事情，不声不响地从盥洗台那儿拎了一大壶水。她用两只手臂抱着水壶。水壶里装满了水，很重。现在一切就绪，可以起航了。

梅莉桑德对艇长说："我们准备解缆出航，长官。"

"很好——继续。"

"他真的太……太神气啦。"梅莉桑德说。

"我们准备全速前进，长官。"

"很好——继续。"

"我们准备进入深海了，长官。"

"很好——继续。"

"遇上巨浪了，长官。"

"很好——继续。"艇长在下面说。

"海浪涌入潜水艇舱里了，长官。"

"很好——继——啊——噗！"

水涌进了潜水艇——满满的一壶水，顺着潜望镜流

下，艇长全身都湿透了。他从遭遇暴风雨而颠簸的潜水艇里爬了出来。

他说，这是一次惊心动魄的航行。他们大家都活着，真的很幸运。塞莱斯特和梅莉桑德赞同他的说法。

她们会再来一次航行吗？这次两个人担任艇长？他会做好所有潜水艇外的工作。

嗯，她们很乐意。但潜水艇里面的空间只能容纳一位艇长，而且也只有一套制服。那好吧，那就来两次航行……

潜水艇再次出发，又到了那片汹涌澎湃的大海。在上次的航行中，很多水从爸爸那件外套的口袋里流了出来，人踩在地毯的任何位置上，地毯都会发出噗噗声。那之后，房间里突然变安静了。孩子们听见平稳而坚定的脚步声从楼梯上传来，一点都没有停下来的迹象。科吉歇尔先生回来了，他的心情非常好……他嘴里哼着一支最喜爱的曲子……他可能会转身，返回楼下去询问一下有没有信件送到，或者晚餐的菜谱怎么样……或者可

第三章 法国将军，黄瓜沙拉，十七号房间里的潜水艇

能某位英国朋友搭乘先前那趟火车到达了这里，对着楼上大声喊叫："科吉歇尔，老伙计，你好吗？到楼下来吧！"但这一切都没有发生。令人害怕的事情确切无疑地发生了。门把转动，房门开了，爸爸站在门口。说时迟那时快，房间里已经恢复了井然有序的样子。孩子们没有言语交流，却配合默契。两把椅子被搬走了，那件外套——那套制服——被藏在什么地方，不见了踪影。时间临近黄昏，渐渐暗下来的光线助了他们一臂之力。

"晚上好，亲爱的孩子们。"

"晚上好，爸爸。"她们急忙向他跑了过去。梅莉桑德让他俯下身子对着自己。塞莱斯特亲吻了他。小吉恩成了这个家庭的一员，帮忙让科吉歇尔先生站在原地不动，但当然啦，这种情形不能没完没了持续下去。房间里出现了这样一个危险而又平静的瞬间，还好梅莉桑德给大家解了围。

"那些餐巾，"她说，"我们需要清点那些餐巾！"房门敞开着，科吉歇尔先生独自一人站着。

存放亚麻织品的大橱柜嵌在楼梯下面。旅店的人先前从来没有像这样清点过那些亚麻织品！首先，他们把那些餐巾整理成很多堆，每堆五十条。然后，他们再清点一遍，分成许多小沓，每沓十二条。

"我们来清点这些桌布吧。"塞莱斯特说。

"我今天上午才清点过。"吉恩说。

"再清点一次也没有关系，"梅莉桑德提议说，"你可能会点错呢。"

他们又清点了一遍桌布，接着清点厨师帽。默伦夫人从旁边经过。她双手交叉，做了一个表示喜爱和赞赏的动作……她们多么漂亮，多么有教养啊，吉恩有这样可爱的玩伴，多么幸运啊。

楼上十七号房间里，科吉歇尔先生正在拧干湿透的地毯。他笨手笨脚的……昏暗的灯光下，两个小女孩出去后，他绊倒了放在房间中央的一个水壶。有人先前把水壶放在那儿，忘记拿走了。科吉歇尔先生身材魁梧，力量很大，因此，他常常会造成这样的局面。当他穿着

第三章 法国将军，黄瓜沙拉，十七号房间里的潜水艇

那双宽大的靴子踩在地毯上时，靴子底部会喷射出一道道小的喷泉。这时，他按铃叫来旅店女招待。"晚上好，吉琳娜。"他已经把地毯上的大部分水都拧干了，她愿意拿出去再清理一下吗？"对不起啦。谢谢你。"

一位多么了不起的爸爸啊！

第四章
布鲁日钟楼

　　星期三，天气晴朗。最后那片乌云从吉恩房间的窗户边掠过，飘到钟楼那边。

　　科吉歇尔先生和女儿们从他们房间的窗户向外张望，看到了对面的钟楼。他们叫上吉恩，横穿过广场。

　　三百六十五级石台阶呈螺旋形蜿蜒延伸到钟楼顶部。爬上钟楼真是一件值得骄傲的事情。

　　孩子们跑在最前面，玩起了捉迷藏。她们时不时地又往下走，看看她们的爸爸走到了什么位置。

　　钟楼顶部粗重的橡木横梁上悬挂着排钟，金属线从敲钟槌上垂下来，穿过地板上的一个个小洞。

第四章 布鲁日钟楼

钟楼四面都是敞开着的,又高又大的窗户开在石墙上。

钟楼上风很大,参观的人们必须用手抓住帽子。里面的墙上涂写了许多名字。俯瞰下去,远处便是金篮子旅店。

小小的布鲁日城在钟楼脚下伸展开来,布局犹如一块土耳其地毯的图案。人们放眼望去,可能什么都看不见,除非他们从一开始便定神看着一棵树或一条狗,看到树下立着什么,或者狗走向了哪儿。

科吉歇尔先生上了钟楼后,孩子们大声提示说:"看这儿——看那儿……"市政厅前面,一条小狗正一路嗅着气味回家,从一个街角嗅到另一个,它会停下来和其他狗狗打招呼,会挠一挠自己的身子,任何地方的狗狗都会这样。一匹匹马拉着沉重的货物穿过街道。骑自行车的人们似乎要撞上彼此了,但他们却悄无声息地骑过去了,并没有从车上掉下来。垂直朝钟楼底部看,人们变成了一个个戴着帽子的包裹。他们一边走,一边用脚嬉水。有位女士撑着一把雨伞,牵着一条狗,那条狗长着一条很长的尾巴,从上面看下去,他们就像一只蝌蚪。

"你的那条船在哪儿呢,吉恩?"两个小女孩问。

"在那边呢。"他指了指,但那个方向有太多东西。为了确定那个位置,他们从金篮子旅店开始,目光顺着广场一路扫视过去。以这样的视角观看,仿佛在飞翔一样。他们穿越了许多街道,来到了运河。两位裹着白头巾的修女行走在一座清丽的绿色小花园前面。

"那个棚屋里靠着石墙摆放着的就是那条船。斜靠在墙上的那两个配套的东西就是桨。那些李子树上的李子差不多要熟了。船身的油漆一定干了。"吉恩说。

钟楼外侧的两块石头之间,有被风刮来的极少量泥土。泥土上开着一朵小春花,迎着微风摇曳。

"看,孩子们,"科吉歇尔先生说,"小花多么勇敢啊!孤零零地生在这儿,没有朋友,没有亲人,也不知道该怎么办，或怎么成长。但这朵花却存活下来，盛开着，长得很好，很可爱，昂起头面对太阳，不惧怕狂风，也不惧怕雷鸣般的大排钟。你们不觉得它很了不起吗？"

孩子们说："真了不起。"塞莱斯特得由爸爸抱起来靠近小花，以便去亲吻一下它。

他们要离开钟楼了。科吉歇尔先生跟在孩子们后面往下走。他事先准备了一场有关钟楼上这些排钟来历的小型演讲——不妨再讲述一遍如何？钟楼始建于1280年，过去了很长时间，后来毁于火灾，1500年重建。钟楼配备的排钟是在阿姆斯特丹铸造的。排钟共有四十七个，失踪了两个。孩子们很想弄清楚排钟到底遭遇了什么，但谁都不知道。

"低音钟"，或称"胜利钟"，悬挂在钟楼下方，需要八个人合力才能晃动它。

击响排钟的那个巨大的旋转鼓轮上面有三万五千个小方孔。每个小方孔里面都配置了金属栓。当旋转鼓轮开始转动时，金属栓就会提起那些木头做的手指粗的小棍。小棍反过来会拉动使钟槌击钟的金属线。如同一座老式时钟一样，两块重石形成了时钟和排钟的驱动力。有个住在钟楼上的人每天都会来给排钟上发条。为了解释清楚，科吉歇尔先生在一个信封的反面画了一幅草图。

排钟悬在高处，下面是个房间，里面摆放着敲钟的机械设备。科吉歇尔先生走进房间，以便解释这一切。孩子们则站在一旁。他把画着草图的信封放进了衣服口袋里，因为在这儿看着这些东西就能讲清楚了。

孩子们目不转睛地盯着眼前这个令人难以置信而又庄严肃穆的音乐匣子。这个音乐匣子非常古老，保存得非常完好。他们忍不住想用手去转动一下金属栓，去触碰一下齿轮或拉一拉金属线。排钟的上方有一个大时钟，里面的表芯控制着钟楼外面四个钟面的指针。时钟每隔十五分钟会带动排钟奏响报时。

随着许许多多齿轮的缓慢转动，那个巨大的钟摆匀速而持续地摆动着。——在此，时间变得可见了。那个

第四章 布鲁日钟楼

大齿轮前部的某个位置表示此刻这分钟,而紧挨着的那个小齿轮,则表示上一小时。几百年前的某一天,有个人说了一句"时钟装配完毕",然后钟摆开始摆动起来。从那天起,这个房间里便一直响着同样的嘀嗒声,巨大的鼓轮日夜不停地转动着。

时钟的指针显示,再过两分钟,排钟就要奏响了。科吉歇尔先生跟着孩子们上去,看钟槌是怎样奏出音乐的。

排钟会奏响四个曲调:第一刻钟和第三刻钟的时候奏响短曲调,半小时的时候奏响稍长的曲调,整点时奏响最长的曲调。奏出的曲调是古老的佛拉芒民歌。人在钟楼下面,在城市的任何位置都可以听得很清晰,在城市周围远处的田野上也能听得清楚。

而在这钟楼上面,人倒是无法分辨出奏响的是什么曲调。巨大的鼓轮刚一开始转动,第一根金属线拉紧,那些鸽子便立刻飞离了钟楼,绕着钟楼盘旋,或飞到下面的广场上。钟声非常响亮,音量大得人的耳朵无法分辨。钟声响起后,石块和木料都开始颤抖起来。孩子们站在最小的排钟下的一个角落里,环顾四周,然后抬头仰望着那些敲钟槌。科吉歇尔先生站在他们前面。当巨大的"胜利钟"响起噹噹噹的声音,报告三点钟时,孩子们拉着科吉歇尔先生的双手,松开,随即又急忙拉上。钟声清晰而又真实。

那些鸽子飞回来了,孩子们离开了。科吉歇尔先生跟着他们走下钟楼。他站在楼梯上等待着,等待眼睛习惯黑暗。他能够听见下面远处吉恩和两个女儿的说话声。孩子们说话的声音听起来像是游泳池里发出的声音。

科吉歇尔先生走出钟楼,来到了外面洒满阳光的广场上。钟楼下面有一个肉类市场,里面有很多养得很肥的苍蝇,它们都飞出来落在外面的石墙上晒太阳。那些苍蝇长得肥肥的,懒懒的,吃得饱饱的。三个孩子忙着替那只青蛙捕捉苍蝇。"我捉到了一只,"塞莱斯特说,"吉恩也捉到了一只。我们还需要四只。爸爸,帮我们捉苍蝇吧。"

第五章
大教堂、小修女们和玛德琳，以及阿维尼翁桥

在布鲁日的一座座大教堂里，安息着这座城市的许多市民。他们是很久以前了不起的人物，有着骄傲的名字和长长的头衔。

冰冷的教堂墓地上立着厚重的墓碑，墓碑上镌刻着他们的名字和生卒年月。有一些名字上方立着半身雕像，另外一些上面立着全身雕像，如同他们活着时一样高大伟岸。那些人物雕像比当今的人们要高大许多。他们全身披着盔甲，脚蹬沉重的铁靴，头戴上翘的面具。他们身侧佩带着沉重的佩剑，需要两只手用力才能挥舞佩剑。双手戴着配链子的手套，交叉放在坚固的胸甲片

上。这些墓碑镌刻的年代十分久远,多少年来,虔诚的人们步伐轻柔地走过,跪下来祈福祷告,使得墓碑上面的文字图案磨损,只剩下些许轮廓。因此,人们根本看不清上面完整的名字,日期也完全无法辨认。

每天都有一段时间,修道院的小修女们会站在这样一块令人感到骄傲的骑士墓碑前,年龄小的站在前面,年龄大的站在后面。她们身后站着她们的音乐兼英语老师塞韦林夫人,她亲切友善,身材高挑,从不露出严厉的表情。她牵着那个最小的修女的手,最小的修女名叫玛德琳,长着红棕色的头发,蓝色的眼睛。玛德琳结束祈祷后,低头看了看自己的鞋尖,鞋尖和骑士头盔的形状是一样的。

塞韦林夫人走到最前面的两个小修女身边,小声对她们说话。一共有十二个小修女,她们两两一组,鞠躬后便离开了教堂墓地。年龄小的走在前面,年龄大的跟在后面。小玛德琳蹦蹦跳跳地走在所有人后面,嘴里不停地念叨着"嘘嘘嘘"。她扭过头往后看,看到塞莱

第五章 大教堂、小修女们和玛德琳,以及阿维尼翁桥

斯特和梅莉桑德,以及她们的爸爸后,就用手对着他们指指点点。塞韦林夫人俯身对她说:"玛德琳,小淑女不会在街道上东张西望,也不会用脏兮兮的手指头指指点点!"

"嘘嘘嘘。"玛德琳说,这次没有出声。

玛德琳总是走在塞韦林夫人的右侧,尽量偏离街道,靠近沿街住房,这样她会更加安全。她最大的乐趣就是把一根手指伸到建筑物上的缝隙里,一路滑动着向前,或者顺着布满灰尘的老旧篱笆向前滑动。凡是她触手可及的石狮子、门柱,以及其他装饰物,她都非常喜爱,并且会仔细地抚摸查看一番。有一次,她的一根手指卡到了一只石狮子的鼻孔里,不得不打上绷带。玛德琳最喜欢的是波浪形的百叶窗。她用手掌去摆弄那些百叶窗,发出"啪啪"声,仿佛在挠痒痒一般。

这样一路走下来,她右手戴的白色小手套看起来可漂亮了。手套变成了灰色和铁锈色,几根手指的指尖是黑色的,有时候甚至沾上了新鲜的油漆。

安吉莉娜修女负责帮玛德琳洗衣服。她一个劲地揉啊搓啊，但从不抱怨什么，因为玛德琳年龄最小，而且非常可爱。

小修女们身穿深蓝色的连衣裙，配着白色的领子和袖口，系着红色腰带，打着蝴蝶领结，头上戴着系了红色饰带的帽子。她们全都戴着白色手套，肩膀上披着长及肘部的小斗篷。

科吉歇尔先生带着塞莱斯特和梅莉桑德外出散步，漫无目的地走着。他们跟在小修女们身后，顺着街道往前走，跨过了一座桥。那些小修女排成两个笔直的纵队过了桥，就像射击场的池子里漂荡着的黏土做的小泥鸭。玛德琳用手小心地摩擦着石头栏杆的顶部。

距离桥头不远处耸立着一幢方形的白色大房子。房子配有一座花园，里面绿树成荫。花园的一部分种上了各种花朵。花园的后部有几排支承豆藤的杆子，前面围着一扇高大的院门。

运河在这儿转了个弯，水从桥底下缓慢流出。运河

第五章 大教堂、小修女们和玛德琳，以及阿维尼翁桥

的湿气吸引了一棵巨大栗子树的枝丫，树叶几乎都触到水面了。一条长木板凳围着大树。

玛德琳回过头看了看，大声喊了起来："不要离开！"紧接着，她和其他小修女一起进入了静谧的室内。

科吉歇尔先生在长木凳上坐下来，给烟斗填上了烟丝。这个地方非常安静。一只天鹅从桥下游了出来，浮在栗子树下的水面上。塞莱斯特和梅莉桑德没有面包喂给天鹅，它就头也不回地游走了，动作僵硬笨拙，仿佛有人在水下用棍子拨弄着它游动。那只天鹅非常漂亮。

那十二个小修女从修道院出来，走进了花园。塞韦林夫人和玛德琳走在她们后面。她们摘下了头上的帽子，取下了手上的手套，脱下了肩膀上的小斗篷，系上了蓝色的围裙。她们开始玩一个名叫"人们在阿维尼翁桥上舞蹈"的游戏。这个游戏的创意就和前面那座桥和在桥上舞蹈的人们有关。

玛德琳与其他小修女一起唱着歌，玩着游戏。然后，她走到院门口，看着塞莱斯特和梅莉桑德。她把脸

向前倾,指了指后面说:"这是塞韦林夫人。我和她睡在同一张床上,睡在一个很大很大的房间里。今天是星期五,我们晚餐吃鱼,但我不吃鱼。我有煎蛋饼吃,里面有果酱,因为我是年龄最小的。我们星期天有甜点吃,然后可以玩一整天游戏。"

"我们知道一个非常好玩的游戏。"塞莱斯特说。

"那是怎样玩的呢?"玛德琳尖声尖气地说。

"游戏叫'玩潜水艇',"塞莱斯特说,"玩那种游戏就只需要两把椅子和一大壶水。

"你们放两把椅子——"

可怜的玛德琳根本没有听完塞莱斯特对玩潜水艇游戏的介绍。塞韦林夫人从花园走了过来,拉着她的最小的修女走向阿维尼翁桥。

科吉歇尔先生站起身来,他们该回去了。

"嘘嘘嘘,阿维尼翁桥,嘘嘘。"玛德琳说着,跟他们挥手告别。

科吉歇尔先生和孩子们往回走,过桥进入了街道。

第五章 大教堂、小修女们和玛德琳,以及阿维尼翁桥

街道是由鹅卵石铺成的,蜿蜒着通向其他街道,转入一座座小广场和很奇特的街角,向外或可走到运河边,或可走上宽阔的大广场。低矮又安静的房子紧挨着街道,窗户临街悬着,连远方的山墙看起来也几乎触手可及。无论伫立在什么地方,都能看见耸立在房顶之间的塔楼,它笔直而陡峭,人们抬头仰望它时,不得不摘下头上的帽子,要不然帽子准会从脑袋上掉下来。

这些街道非常古老,早在教堂墓地的骑士行走在其中时,就已经很古老了。时间在这些古老的街道上留下了雨雪的痕迹,用阳光烘烤沿街的房屋,晒得屋顶和窗户开始倾斜,随着时间的流逝,铁制品腐蚀生锈了,在一座小广场上,有四棵参天大树的粗壮枝丫弯曲了,因此它们的树叶遮挡了那儿仅有的宽阔空间处的光线。太阳透过树叶照下来,给房屋染上了颜色,给小修女们的白色连衣裙也染上了清凉的绿色。透过这片美丽的光影,一缕蓝色的烟雾缓慢飘过。

除了运河里的波浪轻轻拍打着一条船时发出的声

音，这儿没有别的响声。

排钟响起了五点半的报时声。走向那座大广场的途中，他们看见了那个举着长杆的弯腰曲背的男子正绕过一个街角。天还没有暗下来。

那人在他们前面走着，走向旅店前那些矗立在雕像周围高高的灯柱。他到了那儿后举起杆子，打开了路灯。他打开四盏灯后，两个小女孩进入了金篮子旅店。这天是星期五。

"两份加果酱的煎蛋卷，是给孩子们吃的。"卡尔内瓦尔先生在厨房里说。

第六章

金篮子旅店的厨房和厨师，布鲁日市的市长

吉恩的爸爸不仅是金篮子旅店的老板，还是旅店值得骄傲的厨师。他把漫长的人生岁月都倾注在了烹饪上，慢慢变成了一位真正的厨师该有的样子。

宽大的炉子上烹饪着美味佳肴，散发出香喷喷的雾气。他整天都站在这种雾气中，从清晨到夜晚。

默伦先生的厨房与餐厅相通，中间隔着一扇玻璃旋转门。他穿着十分干净的白色亚麻布上衣，胸前缀着两排圆纽扣。他还用一条餐巾打了个平结当领结用。他大腹便便，腰上围着一条围裙，头上总是戴着一顶新浆洗过的厨师帽。他会在帽檐处插一支铅笔。他会把最常用

的木质烹饪勺、叉子和刀插在围裙里，就像插在腰带处一样。

在他面前对着餐厅的位置，摆放着一张结实的桌子。他每天都要擦三遍桌面。他的身后是大炉子。炉子用白色瓷砖和铁器搭建而成，炉子有十英尺长，外面加了个镍制围栏，围栏上挂着好几个粗大的铁钩、一把铲子和一根拨火棍。炉子的燃料是煤炭，煤炭是最佳的烹饪燃料。

四周的墙壁上挂满了锃亮的铜制炊具，有溜圆的，有椭圆的，有深的，有浅的。那些炊具都有结实的把手，有些被制作成布丁的形状，有些则被制作成鱼的形状。厨房里有一面时钟和一个装了新鲜欧芹的石罐，还有许多大大小小的刀具、木勺子、打蛋器、果蔬粉碎器、筛子，还有一个架子。架子上摆放着一长排罐子，里面装着肉豆蔻、干月桂叶、香子兰荚、葡萄干、辣椒粉、桂皮和丁香。大容器里则装着面粉、大麦和大米。总之，厨房里面很拥挤，默伦先生转身都很不方便。

第六章 金篮子旅店的厨房和厨师，布鲁日市的市长

塞莱斯特和梅莉桑德进入厨房参观时，安安静静地站在一个小角落里。首先，她们不能影响默伦先生工作；其次，她们身边摆放着一台冰箱，里面放着冰冻的甜点，她们的头顶上方还有个小橱柜，里面装着牛奶冻、果脯和葡萄干蛋糕。由于默伦先生没有时间和她们说话，于是他会时不时切一片蛋糕或从容器里舀一勺冰激凌给她们。在制作食物的地方品尝食物，比在餐厅的桌子边品尝更加美味。

默伦先生需要一直查看多口锅里的食物情况，忙得满脸通红。他要搅动锅里的汤和各种调味品。他凭着警觉的目光、灵敏的嗅觉和专注的心灵烹饪食物。他夜间还会梦见有关烹饪的事情，一旦出了什么差错，心里便会感到很不安。

所有食物烹饪好之后，默伦先生都会将右手的一根手指放到食物中蘸一下品尝，经过他品尝之后食物才可以端出厨房。

他可以看一看厨房里的时钟，俯下身子打开烤箱

的门，查看里面烤的鸡是否烤成了棕色。他可以喝一杯添加了一点红葡萄酒的水，用一把大刀切胡萝卜，"嚓嚓嚓"，胡萝卜被切成了均匀的细丝。与此同时，他对着两个小女孩微笑，手中还用一个很大的搅拌木棒搅动一个大锅里面的汤。他独自一人，仅凭着两只手进行这一切，而且还不会割到自己的手。这真的令人难以置信。

卡尔内瓦尔先生也同样忙忙碌碌，同样匆匆忙忙。他的脸颊红得像苹果。他像那位厨师一样略带微笑，说："噢，你们又到这儿来了——太好啦。"然后，他又急急忙忙专注于自己的工作了。

旅店的客人们心情急切，精美的食物一定不能放凉了。从事烹饪工作，即便在最初阶段，一切也得规范有序，这一点非常重要。因此，想要从事烹饪工作的人必须在漫长而艰苦的学徒期学会怎样把一只家禽快速而又利索地切成小块，怎样搅拌食物和调味料，甚至怎样削土豆皮。

第六章 金篮子旅店的厨房和厨师，布鲁日市的市长

凡是精心烹饪出来的美味佳肴，都值得拥有好名声，而且它们也的确拥有了好名声。卡尔内瓦尔先生代表客人向厨师点某道菜时，他会以很得体的方式进行。他会进入厨房，并以纯正的法语大声喊出来："Un risotto de volaille à la Flamande."默伦先生会重复喊出："Un risotto de volaille à la Flamande."

其实，他们这样相互回应，只是在点一份普通的炖鸡。这道菜是按照佛拉芒地区农民的传统烹饪方法烹饪的。

默伦先生用一把大勺从炖锅里面舀出一些——不多不少，分量正好——倒入一只圆形的陶钵里，又急忙用一根手指蘸了一下尝了尝——味道很好，但需要加一点点胡椒粉。他撒了一点点胡椒粉，盖上盖子，旁边摆上一小束青绿植物，一个保温盘。"端走，卡尔内瓦尔。"卡尔内瓦尔先生端着炖鸡离开，再次喊道："Un risotto de volaille à la Flamande."

许多客人只是随便点了些吃的，然后就匆匆忙忙吃

掉了。面对这样的客人，旅店只能顺着他们的心意来，但卡尔内瓦尔先生和厨师都挺替他们感到遗憾的。

然而，还是会有另外一些客人，比如布鲁日市市长，尊敬的卡米尔·雅克·利奥波德·范·德·维奇特阁下这样一位客人。他的样貌与卡尔内瓦尔先生颇为相似。他身材并不显得更高，但头发更多一些，他戴着一副金边眼镜，脸上会呈现出好几种表情。

这是他难过时的表情。他每天上午和下午都会在市政大厅听到各种各样的麻烦事。每当这种时候，他就会显露出这样的表情。一座城市由众多家庭组成。家家户户都会遇到这样那样的事情，好事情和坏事情都有。面对绝大多数坏事情时，市民都会责怪政府。市长说，甚至如果下雨的时间太长，市民们都会责怪他。

夏天，街道需要有人清扫和洒水。冬天，街道需要有人扫除积雪。垃圾需要有人运走，公园需要有人管理，运河里的天鹅需要有人喂食，树木需要有人修剪，路灯柱子需要有人油漆。此外，布鲁日这样的历史名城

第六章 金篮子旅店的厨房和厨师，布鲁日市的市长

有许多雕像、古建筑和博物馆，这些都需要有人保洁和修缮。大事小情，没完没了，小到如墨水、吸墨纸和警察制服上的铜纽扣，都需要有人负责。

很显然，市长范·德·维奇特先生处在一个很艰难的位置。这个位置需要完备的知识，需要丰富的经验，需要非常坚定的性格。他座椅后面的墙壁上挂着很多张照片。从其中几张照片上可以看出，他具备了上述所有条件。

第一张照片显示，他是他所在学校的优等生，双手捧着一份羊皮纸的毕业证书。那位充满自豪感的老师将一只手搭在他的肩膀上。

第二张照片显示，他是一位步兵中尉，嘴上留着小胡子，脚上蹬着带马刺的靴子，手执一根马鞭，但照片中没有马。

第三张照片显示，他戴着眼镜，获得了荣誉勋章。后来，他便一直把这个玫瑰花形的勋章佩戴在上衣纽扣的扣眼处。

还有一张最大的照片,上面显示着一排大理石柱子前面,有飘扬的旗帜,有军乐队,有身穿新浆洗过的连衣裙的少女。许多人在聆听他演讲。他站在一个演讲台上,身后是一群表情严肃的人。他们和他一样身穿黑色外套,头戴高顶黑色大礼帽,都蓄着胡子。

尽管他应该为自己获得的荣誉和地位而自豪,但当他坐在市长办公室的桌子后面时,还是表情忧伤,一脸倦容。

不过,范·德·维奇特先生也有非常开心的表情。他每天会到金篮子旅店餐厅角落的一张小餐桌边用餐,就是塞莱斯特和梅莉桑德可以看着他用餐的那个角落。每当这时,他就会显露出开心的表情。他餐盘前面的一只玻璃杯上,放着一张印有他名字和头衔的名片。

市长阁下会在门口受到迎候。卡尔内瓦尔先生会等待着他,看着他步伐匆匆地横穿大广场。他会频繁提起帽子,向每一位跟他打招呼的人表达谢意。当他走到金篮子旅店附近时,他几乎开始跑步前进。

第六章 金篮子旅店的厨房和厨师，布鲁日市的市长

卡尔内瓦尔先生接过市长先生的帽子和外套，拉出餐桌边的椅子，深深地鞠一躬。他把菜谱递给市长，急忙用餐巾擦干净餐桌，又躬下身把一块软木垫在餐桌的一条腿下——餐厅的所有桌子都会摇晃。最后，他扬起眉头，侍候市长先生用餐。

范·德·维奇特先生把那张手写的大菜谱举在面前，脸都给挡住了。他脸上洋溢着喜悦，嘴里默默地念着每一道菜肴的名字。他会提出有关这道或那道菜肴怎样烹饪的问题。卡尔内瓦尔先生告诉他后，他便会点点头。

他每一道菜肴都想点。过了一会儿，他拿起他的小叉子，将菜谱举得离自己远一点，做着鬼脸，似乎在说"要还是不要"。他拿着叉子对着那一排菜肴的名字上下移动，终于点好了。

卡尔内瓦尔先生急忙跑进厨房。

市长身子往后靠坐在椅子上。此时他注意到了其他客人，脸上露出开心的微笑，点点头，向他们打招呼。

金篮子旅店

他撕开了面前的面包,轻轻碰了一下自己的胡子,眼睛注视着那扇进入厨房的门,等待卡尔内瓦尔先生从那儿出来。

在市长吃得非常舒心的日子里,他会在脖子上还围着餐巾时便走进厨房,与默伦先生攀谈起来:

"比如,今天晚餐吃的野鸭子,好朋友——真的——"他看着天花板,心里思索着该用什么词来形容,一只手摘下眼镜,另一只手的食指和拇指捏在一起,做出一个动作,所有说法语的人都明白那个动作的含义——真的非常非常好吃,那种滋味我都没法向您描述。

两个小女孩每天傍晚都会等待市长先生光临旅店餐厅。她们模仿市长先生的做法,仔细琢磨着菜谱上的文字,用她们手上的小叉子指着菜谱上罗列的菜品上下左右地移动,嘴里咕哝着。关于菜谱上的每一种菜品——主要是关于上面最精美的那些,她们不停地向卡尔内瓦尔先生提出一些"冒傻气"的问题。最后她们把小叉子移动到了菜谱底部罗列着甜食的位置。

第六章 金篮子旅店的厨房和厨师，布鲁日市的市长

星期天的傍晚，她们的小叉子又不停地在菜谱上移动。经过了一连串的"要"和"不要"之后，她们把小叉子停在了柠檬苏法莱①上。柠檬苏法莱制作起来很不容易，但吃起来非常可口。厨师制作时需要格外细心：先把杏仁放在焦糖中煮熟，并且磨碎，然后把两个柠檬的表皮——仅取黄色部分——磨碎，再把糖和鸡蛋混合在一起，一定要用木勺子慢慢搅拌，最后添加些牛奶。厨师还得把这些调制好的食材放到一个宽大的铜桶里，用搅拌器搅拌，然后再缓慢地倒入模具中，放进烤箱。默伦先生注视着时钟——五分钟，十分钟，十五分钟，二十分钟。时间到了，他把它取出，在表面撒了些糖粉，又放回烤箱，继续烘烤半分钟。现在，黄棕色的柠檬苏法莱制作完成了。"端出去吧，卡尔内瓦尔。"

"柠檬苏法莱来咯。"卡尔内瓦尔先生郑重其事地

---

① souffle，一种用打稠的蛋白做成的点心，类似蛋奶酥，现通常称作"舒芙蕾"。——编者

说。他已经到了厨房外面——他必须要跑着走。这种苏法莱很虚——如果不赶紧端到餐桌上去,它会瘪塌,看起来像个很差劲的馅饼。

第七章
秃头查理和秃头鲍德温，一次落水和两只天鹅

默伦夫人坐在房间中央她那张写字台后面，写字台上摆满了各种账单和纸张。塞莱斯特站在她的右边，梅莉桑德紧挨着她站在她的左边。

两个小女孩深情地盯着她。默伦夫人感觉到了四只小手的温柔的压力。她们拉直她领子上的花边，给她的手表上了发条。最后，她摘下眼镜说："行吧，他可以去，但他必须先完成历史功课。"

楼梯上传来坚定的声音：

"布鲁日城的历史起源于9世纪的'铁臂'鲍德温。人们之所以这样称呼他，是因为他总是身穿盔甲，甚至

连睡觉时都穿着。

"860年,鲍德温娶了法兰西国王查理一世的女儿朱迪丝为妻。查理一世把佛兰德斯封给了他的女婿。

"鲍德温于879年去世。他的儿子秃头鲍德温继承了他的爵位。"

两个小女孩对默伦夫人说,她们从来没听到过讲历史讲得比这更加清晰明了的。每一个时间点都是绝对准确的。

于是,他们安排了第二天的活动。科吉歇尔先生要去布鲁塞尔,默伦先生将带着吉恩和两个小女孩去看那条船。"你可以放一天假,"默伦夫人对吉恩说,"但出发之前,你得负责把那座小花园搬到室外去,并且给它浇水。"

那座小花园是一些种在箱形盆里的植物。盆子上配了提手,便于搬运。花园每天都得被搬进搬出,里面生长着四小丛青藤、两株月桂树和两株天竺葵。

他们要把那些盆子搬到旅店前面,围着一小块地方

第七章 秃头查理和秃头鲍德温，一次落水和两只天鹅

摆放好。那块被围起来的令人舒心的地方放着几张桌子和几把椅子。上方有一个遮阳篷遮盖着。

第二天一大早，他们便完成了搬运花园的全部任务。吉恩从厨房里拿来了一根软管，接在旅店外面的一个水龙头上。过了一会儿，默伦夫人出来检查给花园浇水的情况，身后跟随着吉恩的爸爸。默伦先生穿着普通的衣服。他脱掉了厨师服，看起来和之前判若两人。他最后说："我准备好啦。"

他拄着一根细细的手杖，头上戴着一顶很小的帽子。帽子似乎随时都会掉落下来。他不断伸手稳住它。他感到很不自在，时而伸手去摸不存在的围裙，时而把手插入很不习惯的衣服口袋，时而拧一下自己的怀表链子。他像握着一把长柄勺或雕刻刀一样，向上举起手杖，而不是向下拄着。

默伦夫人过来亲吻了一下她的丈夫。"给你，孩子爸爸，拿着我的表，你的怀表坏了。"默伦先生和孩子们出发了，横穿过那座地面上铺着鹅卵石的广场。

金篮子旅店

拐进鹈鹕街时,他们的影子绕着他们转动。突然,吉恩的爸爸想起了什么。他返回那个街角,看见夫人仍然站在旅店的窗口向外张望着。他冲着她大声喊起来:"八号房间那位先生,他今晚想吃鱼,需要什么配料呢?"

"黄油加欧芹。"夫人回答说。

"加上土豆苏法莱吧?"先生问。

"对,"夫人回答说,"加上苹果苏法莱。"

"什么时间用餐?"

"他们七点用餐。"

"这么说来,我们必须五点钟赶回来。"

"不错,五点钟,孩子爸爸。"

"那好吧。"

"再见啦,我的小卷心菜。"小卷心菜是夫人对默伦先生的称呼。不过,她只是私下里这样喊丈夫,正式场合从不用这个称呼。

默伦先生随身携带了两个小包裹。"一点小吃。"他解释说,"我们如果饿了,可以吃一点。我还给自己带了一小瓶葡萄酒。"

"我心里琢磨着,"默伦先生说,"我们可以到那些风车旁边去,或者去看看那些天鹅,或者雇一辆马车四处兜兜风。这样做可能会更加有意思一些。"

"不行,不行!"两个小女孩走了过来,看着默伦先生。默伦先生立刻心软了,加快了步伐。吉恩走到前面很远了。他打开了通向花园的那扇小门。他们可以看见那条船了!

那条船可不是个玩具,而是一条用真木材制造的小驳船,很厚重,很坚实!

"我们必须给小船取个名字。"吉恩说,"我认为,小船的一侧叫'梅莉桑德',另一侧叫'塞莱斯特',这样就很好。我们赶紧给小船命名吧,就现在。"

吉恩的爸爸从急切的儿子身边拿过小酒瓶。"回头再说吧。"他说,"我们首先来见证一下这是不是一条真正的船。也就是说,小船可不可以在水面上划行。"

梅莉桑德和塞莱斯特用彩色画笔在小船的两侧分别写上了她们的名字。之后,她们的名字要正式油漆上去。现在,重要的时刻到来了。

吉恩的爸爸抬起小船的一头,吉恩滚了几段圆木垫在下面。两个小女孩扛着船桨。有个男子划着一条划艇顺着运河过来了。他们等待着让他先过去。"好啦,爸爸,您在中间推,梅莉桑德在右边推,塞莱斯特在左边推。一,二,三——推。"

小船下水了。吉恩坐在小船中间的小板凳上。这是一条真正的船,是他自己制造的。这条船比其他任何漂浮在水面上和称之为"船"的东西都更加有意思,更加了不起。

吉恩用力划动右桨,小船随即移动,靠近运河岸边,他爸爸把小船稳定在那儿。这样安全吗?一滴小水珠飞溅进小船,打着转落在一个角落里,随后再也没有水珠飞溅进来。小船不会漏水。大家现在可以上船了,梅莉桑德和塞莱斯特坐在前面。"爸爸,您坐

第七章 秃头查理和秃头鲍德温，一次落水和两只天鹅

在后面的座位上好吗？我先划半个小时。那个酒瓶子，爸爸，别忘了吃午餐的事情。梅莉桑德，那台照相机……"

"塞莱斯特，你坐在我的那一侧了，"梅莉桑德说，"看看上面的名字。"

有没有这样一条船，人们坐在上面不用设法换位置？"我们现在出发啦！"

"朝左边看，女士们，先生们，那是圣救世主教堂——我们常常看见那座教堂，甚至坐在小船上也可以看见，但它看起来从来没有像现在这样美丽。我们马上要经过的那座桥叫奥古斯丁桥。那边是罗塞尔码头。那个头戴绿色帽子正盯着我们看的是我的同学彼特·格尔德尔。难道每个人都在注视着我们吗？他们大家都很想拥有一条这样的船吧？我猜，他们就是这样想的。彼特正要走开，假装自己根本没有看见小船。"

"梅莉桑德，你给吉恩拍张照片好吗？好啦，稳住别动——不要划桨，看这边。"咔嚓！"拍好啦！"

金篮子旅店

"我们现在看到的是本城最漂亮的桥。桥的正中央耸立着圣内波穆克雕像。现在正从桥上经过的是布鲁日市的市长先生。"

金篮子旅店谦逊的老板兼厨师默伦先生最先看到了市长先生。他忘记了,自己正坐在一条划行在水面的小船上。他站了起来,大臂一挥,摘下帽子,深深鞠了一躬。

市长先生也抬手脱帽致意,举着帽子停留了片刻,随即便扔下帽子。他的面部仿佛变成了一面镜子,可以照出桥下水面上发生的事情。小船侧翻了,塞莱斯特、梅莉桑德、吉恩和默伦先生掉落在运河中。小船侧翻时把两个小女孩甩出去转了个大圈,从下沉的金篮子旅店老板的头顶上方飞越过去。市长先生没有片刻迟疑,急忙翻过桥的护栏,跳到运河中救人。两个小女孩被甩出去时,头上的水手帽掉落了,正好落在两只受惊后拼命逃跑的天鹅头上。两只天鹅头上戴着水手帽快速游到桥下,帽子上的两根饰带拖在后面,饰带上印着一艘英国

第七章 秃头查理和秃头鲍德温，一次落水和两只天鹅

战舰的名字。

运河里一片混乱，水面上响起一阵汩汩声，泛起了许多泡泡。最后，所有人似乎都安然无恙。运河很浅——河水只没到默伦先生的胳膊肘处，没到市长先生衣服扣眼上那个象征荣誉的玫瑰花形勋章处，没到孩子们的耳朵旁。

那条小船底朝天浮在水面上。有两个男子正忙着把小船拖拽上岸。运河边围了一群人。一位警长在一个小记事本上记录着。那两只天鹅蹲伏在桥下，战战兢兢，看着帽子里面的文字"伦敦哈罗德有限公司"——当然啦，天鹅是看不懂这些文字的。

"市长先生，我可以肯定，这是您的帽子。我自己的帽子——在那儿呢，你能抓住它吗，梅莉桑德？还有我的手杖——快点，吉恩，快要漂走了。午餐吃的东西在小船下面，那个酒瓶子在水底。太糟糕了，但还是算了吧。"

默伦先生和范·德·维奇特先生习惯了在街上见面

时寒暄。因此,他们在水里时还是彼此鞠躬致意,相互问候对方"下午好",分别时还抬起滴水的帽子彬彬有礼地说了声"再见"。

第八章
博物馆、马车和雪橇

默伦先生用打湿了的手杖指了指桥另一端的一座码头。

"那边是博物馆,"他说,"我的好朋友瑟韦斯·范·德恩·恩德是那儿的看管人。他会给我们提供帮助。"

他们蹚着水上岸,爬进了一座小院子。他们衣服全都湿透了,身上还挂满了水草,显得很狼狈。

范·德恩·恩德先生看见他们爬上了岸。他问道:"告诉我,怎么回事?不,现在不用对我说。你们会得重感冒的。我去给你们拿些毯子来,随我来吧。你们必须换下身上的湿衣服。"

金篮子旅店

他领着他们走进博物馆。入口附近立着一架蓝色的雪橇,制作得像一座岗亭,有四个椭圆形的窗户,顶部还有一个银色小皇冠。这架雪橇曾经是一位王子的物品。"吉恩,你去里面换吧。"

两个小女孩被抱进了一辆节庆时行游的马车。这是辆富丽堂皇的皇家马车。车身悬在一个摇篮一样的护框里,护框是由红色皮带构成的,皮带由粗大的镀金搭扣固定在一起。马车的四个角上都立着天使雕像。马车后面有一块地方,可供两个男仆站立。车门打开后,会出现一个折叠小楼梯,一直延伸到地面,楼梯的每一级都覆盖着厚厚的金色锦缎。马车里面的坐垫也是用同样精致的材料装饰的。她们拉着一个象牙色的把手关上了车门,还放下了窗口的帘子。

哎呀,该把默伦先生安排到什么地方去换衣服呢?有一个很大的岗亭面对着墙壁,左右两边各挂着一面破旧的战旗,这样可以遮挡住他。

岗亭附近的一个角落里立着一个破损的老旧断头

第八章 博物馆、马车和雪橇

台。那东西曾经是用来行断头刑的。

另一侧摆放着一门大炮,大炮上方是一个架子,架子上放着一排头盔。

范·德恩·恩德先生从雪橇边走到马车旁,又从马车旁走到岗亭边,收拾大家换下来的湿衣服。然后,他把湿衣服拿到博物馆外面,晾晒在太阳下。

倒霉事往往会如影随形。它使可怜的默伦先生被笼罩在一种阴郁的气氛中。他身上湿漉漉的,感觉很冷,裹着一条让身子直痒痒的毯子。他抬起眼睛时,看到的是断头台上那把生锈的铡刀。他朝着正前方看时,看到一块大木块上似乎落着一群硕大的铁褐色蚊子。一张小卡片上标示着,那些是拇指夹刑具。他再也无法安静地坐下来,于是在断头台和大炮之间徘徊。

吉恩在雪橇里面抽泣。他一直在想自己那条漂亮的船——他还能再见到它吗?

只有塞莱斯特和梅莉桑德是开心的。她们分别靠在马车里面的两个柔软的角落里,眯着眼睛,想象着自己

金篮子旅店

是公主。马车里面可安静啦。

两个又细又长的影子从街道通向博物馆的那段台阶上飘下来——是那两位结伴旅行的女士的身影。她们在门口参观者登记簿上写道:"来自英国利物浦的伊夫琳·索恩和卡梅尔·斯托特。"

她们稍稍浏览了一下游览指南,便去寻找一号陈列品。那是一双骑马侍从穿的高筒靴。高筒靴很厚重,每只重二十磅。靴子的后跟下面套着马镫,里面嵌入了很小的发热装置,以便在冬季里给骑手的双脚保暖。

二号陈列品是一套老式制服,三号陈列品是几顶炮兵军官的头盔——它们都放置在一个架子上。

"有东西移动了——返回那个让人感到恐惧的断头台旁边了,现在又消失在岗亭里面了!"

"是你的幻觉吧,伊维[①]!"

"才不是呢,亲爱的,我很肯定。"

[①] 伊夫琳(Evelyn)的昵称。——编者

第八章 博物馆、马车和雪橇

她们转过身，站在那架蓝色雪橇前。索恩小姐端详着雪橇，脸色苍白。她紧紧地握住手上的雨伞，低声对自己的游伴说："雪橇里面有人——是死人，在抽泣呢。"

斯托特小姐抓住她的一只手，拉着她离开。她从没见过自己的朋友会这样傻乎乎的。她领着索恩小姐经过那辆油漆得很花哨的马车。从窗户上投射下来的一束阳光，正好照在天使雕像上面。

"好啦，好啦，亲爱的。"斯托特小姐轻轻拍了拍朋友的手臂，但索恩小姐还是一直盯着岗亭和雪橇看。

斯托特小姐这时用雨伞的一头戳了一下马车上的天使雕像。"看看这儿，伊维。多么可爱的天使雕像，多么丰满的小手和小脚啊！哎呀，每根脚趾都雕得很漂亮！你看，天使雕像保护得非常完好。我想知道，这些东西年代有多久远了。"

奇迹中的奇迹啊！这些天使开口说话了！天使们用超凡的声音大声宣布："到了明年四月，我们就三百岁啦。"

两把雨伞和那本游览指南掉在了地上。两位女士额头上冒出了冷汗珠子。她们看起来好像喉咙里卡着一根鱼刺。她们与其说是走出博物馆的，不如说是跌跌撞撞跑出去的。当她们来到外面沐浴着阳光的树下时，她们尖叫起来，以最快的速度逃跑了。

博物馆内，那辆马车和那架雪橇上的人笑得前俯后仰。

一直藏在后面的默伦先生缓慢地走出了岗亭。他在那面老旧的战旗和那座岗亭之间可以看见两件赤狐毛皮中的一件——就是斗鸡眼的那件，还有那两把雨伞和那本《世界七大奇迹之城：布鲁日游览指南》。他靠在那个断头台上，心里感到很迷茫，很想哭出来。他哭出来了，刚才把自己的手帕晾晒在博物馆花园的晾衣绳上了，于是他现在用那面老旧战旗的一角擦拭了眼泪。默伦先生眼前呈现出夫人的面容。他要怎样向她讲述这番经历呢？

他们上午离开旅店时，是打算去"看一眼"那条小

第八章 博物馆、马车和雪橇

船的。而现在落得这番模样，还有外面那两把雨伞！那两位女士一定发现了一切，她们一定会收拾行李退房，还会把这一切告诉所有人。她们不是一年四季都在旅行吗？各地的人们都会听说这件事情，而且会离金篮子旅店远远的。他为什么不留在自己那间暖融融的厨房里，与他热情的朋友、那个火炉，以及他那些友善的锅碗瓢盆在一起呢！

谁去向夫人讲述这件事情呢？还有谁，不错，谁负责把那两把雨伞、那件赤狐毛皮和游览指南拿回去呢？现在本该在火炉上烹饪着的鳎鱼片和土豆苏法莱怎么办呢？

麻烦找上门来后，总该有结束的时候吧？

待在蓝色雪橇里面的小吉恩一直安慰着自己。他在雪橇里也像其他人一样笑得前俯后仰。

他打开雪橇的门，大声说道："要是卡尔内瓦尔先生和我们一起来了就好啦。"

卡尔内瓦尔——多么动听的名字啊！默伦先生看上

去好像听见了什么地方有支乐队在演奏。他之前怎么就没有想到这一点呢？卡尔内瓦尔正是办这些事的人选，给夫人讲述事情的经过，把那两把雨伞和那本游览指南带回旅店去……

大家穿上晾干的衣服后，默伦先生抓住他朋友的一只手臂。"瑟韦斯，请你去一趟我的旅店，叫卡尔内瓦尔先生过来。"

第二天，那份面对布鲁日市民的最公正客观的报纸在头版登出了市长先生的照片。照片下有一行粗体的说明文字："运河救人的英雄。"

更加有资格当得起"英雄"二字的是卡尔内瓦尔先生。

哼！他根本没有想到，老板喊他来原来是嘱咐他把雨伞、游览指南和赤狐毛皮送回旅店去。

他在旅店的厅堂里看到了那两位女士，她们正情绪激动地跟默伦夫人说话。那两位女士还没来得及诉说什么情况，他便将雨伞和游览指南递给了她们。他对着

第八章 博物馆、马车和雪橇

她们挥了挥一根手指,说:"这儿,亲爱的女士们。"他朝着默伦夫人的写字台边走过去,把自己的那条餐巾折成波浪形状,"是那条运河,还有这个……"他把两个嵌在写字台上的墨水池和一把尺子组装成那座有圣内波穆克雕像的桥,开始向女士们从头讲述事情的经过,并且讲述时用的是法语。他凭着丰富多彩的法语词汇把运河里的水、湿透的衣服和水流淌的景象带到了这间房间里,带到了夫人的写字台上。此外,他还有另外一个优势,这两位英国女士听得懂法语,但她们用法语表述还是有些困难,因此不敢结结巴巴地对任何情况表达异议。

她们打定主意用法语说"是",或者"是,是"。索恩小姐听到某个地方时,甚至用眼睛看着默伦夫人,说:"那些可怜的小树叶(书页)"。她其实想说"女孩",但她说成了另外一个词,意思是树上长着的"树叶"或书本上的"书页"。

卡尔内瓦尔先生讲述完事情的经过后,又变成了开始时那种不容置疑的语气。他说："啊，夫人，还有你们，亲爱的女士们，想一想吧！"他抬头看了看，随即闭上眼睛。"想一想这件事情可能是怎样结束的！我们应该感到庆幸才是呢。运河里面有些河段水很深，有些河段水面很宽，流淌在两岸高耸的建筑之间。在那样的地方找不到能来施救的人。夫人，您的丈夫，他会游泳吗？"

"不会。默伦是位厨师——他为什么要会游泳呢？"

"既然如此，那就想一想后果吧！"

默伦夫人想了想，哭泣了起来。两位女士努力安慰她。

"吉恩在哪儿——我的小卷心菜在哪儿？"

人生在世，出现在正确的时刻非常重要。卡尔内瓦尔先生从写字台上拿起餐巾，对着窗户外面发出信号。不一会儿，外出的那一行人走了进来。由于他们没有听见卡尔内瓦尔先生编造的故事，他们对自己脱离的可怕险境一无所知，面对大家看见他们后高兴不已的神情

第八章 博物馆、马车和雪橇

时,他们感到很惊讶。他们必须立刻上床休息,连默伦先生也是如此。两位结伴旅游的女士领着两个小女孩上楼了。科吉歇尔先生还没有从布鲁塞尔返回。两位女士把两个小女孩安顿到床上,给她们吃了两颗苦药丸,还给她们额外盖了一条毯子。她们拿走了两个小女孩换下的连衣裙,甚至收拾好了那两顶水手帽。水手帽是一位警长晚上送过来的。他用一根带钩的长撑篙从那两只受惊的天鹅头上取下了水手帽。

两位女士取下了水手帽上的饰带,把它们晾干、熨平。然后,她们又仔细认真地把饰带缝了上去。

大家没有提到那条小船——只是第二天,他们在阁楼上再次讨论出游计划时,才提到了。

但卡尔内瓦尔先生从自己的房间里走了出来,说道:"不行,孩子们,你们明天就要离开了。"

"我们不会离开吧?"两个小女孩说。

"会离开,你们的爸爸已经要求我明天早上给他开出账单。"

第九章
轿车、卡尔内瓦尔先生的餐巾，以及镶着金牙的水手

卡尔内瓦尔先生打电话叫了一辆轿车，要求司机把轿车开到奥斯坦德，送科吉歇尔先生和他的两个女儿去搭乘横穿英吉利海峡至英国多佛尔的轮船。两个小女孩收拾好东西，把东西装进了行李箱，科吉歇尔先生正坐在箱子上，这样能更方便地关上箱子。旅店的行李工把那个行李箱和两个皮质旅行包搬到了楼下。吉恩站在室外的花园里，等待轿车过来。车来了，停在旅店门前。

养在罐头瓶里的那只青蛙从一大清早就一直待在梯子的顶端，预示着天气晴朗。不一会儿，它就被赶下了梯子。瓶子里面的光线暗了下来。他们把青蛙包裹了起

第九章 轿车、卡尔内瓦尔先生的餐巾,以及镶着金牙的水手

来——包括里面的花园、湖泊和梯子——要把它带到英国去。

轿车停在那儿。轿车顶篷的形状是婴儿车上的那种,下面的衬里是褪色的台球桌布的那种绿色。顶篷的一部分已经放下来了。

两个旅行包被放到车内,那个行李箱被固定在司机驾驶座旁边。

科吉歇尔先生与孩子们在一起等待着,跟吉恩的父母说着话。和博物馆里的那辆马车一样,这辆轿车里充满了同样浓烈而又闷人的皮革和马鬃的气味。但轿车充满了生气,车身擦得亮亮的,好像一个精致的烟斗或有磨损但锃亮的马靴那样的颜色。阳光照在每块黄铜上,反射出光芒。轿车的底部铺着一小块绲过边的红色地毯,踏板上有一块邮票大小的椰皮垫子,人坐下之前可以清洁一下脏了的靴子。

轿车司机与科吉歇尔先生说了几句亲切的话,检查了下孩子们有没有到齐,又清点了一下行李数量,看了

金篮子旅店

看钟楼上的时钟,又看了看自己的手表。

他们该出发了。司机整理了一下头上的帽子,绕着轿车走了一圈。他用灵巧的手指把几个操纵杆分别推到油门和点火装置处。紧接着,他跑到轿车前面,用曲柄启动了发动机。这事只有他能做到,其他任何人都不能这么轻松地发动这辆轿车,甚至是按一按那个球状装置,指望按响喇叭。

轿车司机向乘客们示意了一下。梅莉桑德和塞莱斯特拉着卡尔内瓦尔先生走过去,让他坐在副驾驶座上。"这儿空气新鲜,对你有好处。"默伦夫人说。

"那只青蛙——小心点——您抱稳了,求求您,爸爸。"

吉恩和梅莉桑德坐在后排座位上。塞莱斯特坐在司机和卡尔内瓦尔先生之间。现在,告别的话该说的都已经说过了,但轿车还是绕过大广场,经过金篮子旅店,让大家对着旅店再挥一挥手。然后,轿车拐入了那条通向奥斯坦德的街道。直到汽车驶出布鲁日城很远了,卡

第九章 轿车、卡尔内瓦尔先生的餐巾,以及镶着金牙的水手

尔内瓦尔先生才意识到,他还随身带着他那条餐巾。

轿车行驶一半路途时,发动机过热了。司机只得停下了车。"车子需要休息一会儿,"司机说,"并无大碍。"他打开了发动机盖子,然后来来回回走了起来。科吉歇尔先生和孩子们下车看起了风景。公路两边都有河流水渠。一道很长的树木屏障,犹如一把标着刻度的尺子,环绕着田野。偶尔还能看见一头猪在野外东奔西跑,耷拉着的耳朵都盖住了眼睛。

公路上有一辆运送牛奶的老式轻型二轮车,车由一条气喘吁吁的狗拉着。迎面驶来一辆四轮马车,拉车的是一匹威武雄壮的高头大马。比利时因这种马而闻名于世。这是一种源自法国的佩尔什重型挽马,膘肥体壮,全身都是浓密的亚麻色皮毛。轿车司机再次停车让发动机冷却一下。平坦的道路两边树木成行。阳光下,树木在路面上投下阴影。路面仿佛是一块没有尽头的斑马皮。不一会儿,轿车进入了奥斯坦德。司机按响了喇叭,尖锐的声音提醒行人、骑自行车的人和狗狗让路。

金篮子旅店

轿车拐向了右边,两根耸立着的桅杆高出了一幢房子的房顶。轿车绕过那幢房子到达了码头。那艘轮船停泊在码头边。码头的行李工过来搬走了行李箱。轮船上充满了欢乐,船体被漆成了各种简单的颜色。轮船的烟囱是黑白相间的。通风设备的内侧是法兰绒红色的。轮船看起来是崭新的,仿佛昨天刚油漆,今天早上刚冲洗过。天空呈现出湛蓝色,犹如船长的蓝眼睛和他手下水手们身上的蓝色短上衣。

轮船发出一声响亮的汽笛声,烟囱里冒出水蒸气,喷洒在阳光下——乘客们该上船了。

现场的人们都看着可怜的卡尔内瓦尔先生,只见他身穿燕尾服,上面系着那条餐巾。有几个人过来找他点咖啡、三明治或啤酒。刚开始时,卡尔内瓦尔先生非常有耐心,态度友善地解释自己为什么出现在此地。他告诉他们,他无法提供他们需要的东西。为了证明自己没有说假话,他给他们看了餐巾的一角,上面用鲜艳的红线绣着"布鲁日市金篮子旅店"字样。他还指了指几个

第九章 轿车、卡尔内瓦尔先生的餐巾，以及镶着金牙的水手

孩子和他的朋友科吉歇尔先生。

后来，那儿的人急匆匆地对着他打响指，说："喂！过来！"这时，他面对他们挥动着餐巾说："走开，别烦我。"众人对此回应道，他们会去向旅店老板投诉，要求解雇他。

卡尔内瓦尔先生没有时间冲那些粗鲁的人生气，也没有时间告诉那些人他是怎样看他们的。

舰桥上一位高级船员向一位水手发出了一道信号。水手拉着一根打结的绳索，烟囱前那个冒出蒸气的黄铜大喇叭发出震耳欲聋的声响。汽笛声告诉外面那条又长又窄的航道上的捕鱼小船，快给这艘大轮船让出通往大海的通道。

两个小女孩双臂搂着卡尔内瓦尔先生，跟他吻别。科吉歇尔先生感谢他陪同他们一起过来。吉恩捧着那个装着青蛙的瓶子跑上轮船的跳板。

一位高级船员吹响了口哨，四位水手移开跳板，往船上扔了几袋邮件，然后跳上了船。

金篮子旅店

卡尔内瓦尔先生与吉恩站在码头上,挥动着手上的餐巾。

水手们解开了粗大的缆绳,缆绳像蛇一样在码头的石块上爬行,然后掉入水中,向上爬进了船内。

轮船与码头之间的距离拉开了,海鸥在船尾盘旋飞行。海鸥群犹如摊开的报纸,它们的叫声犹如有人被挠痒痒后的哈哈大笑声。科吉歇尔先生和他的两个女儿一直站在轮船的后甲板上。他们旁边是一位矮个子水手,他嘴里镶着金牙,正在盘绕缆绳。

轮船的尾部印着这样的大字:奥斯坦德·利奥波德二世号。轮船与码头之间的距离仍在拉大。那位矮个子水手微笑着,露出嘴里的金牙,配合着科吉歇尔先生和两个小女孩向岸边挥手告别。随着轮船加速前行,船身上的名字模糊了起来,变成了一条毫无意义的白线。轮船后面的海鸥群很快挡住了卡尔内瓦尔先生的餐巾。不一会儿,船上的人和海岸边的人彼此都看不见对方了。

卡尔内瓦尔先生返回旅店后,走进了厅堂。默伦

第九章 轿车、卡尔内瓦尔先生的餐巾，以及镶着金牙的水手

夫人的写字台上方悬挂着一块黑板，上面标着客房的号码，每个房间号旁边留有空白处，可以写上住客的名字。

十七号房间旁边先前用粉笔写着"霍拉肖·科吉歇尔"，十八号房间旁边是两个小女孩自己画的画。现在，两个房间号的空白处写上了新的住客名字：十七号房间是一位来自鹿特丹的著名外科医生，十八号房间是一位来自马德里的年轻小姐和她的妈妈。卡尔内瓦尔先生需要花费比平时更长的时间才会喜欢上这些住客。他们不大可能会登上楼梯到他的房间去，要求他掏空衣服的口袋，或者注视着他梳好脑后的头发，或者帮助小吉恩清点餐巾。

他走向人造棕榈树后面自己那张写字台，掏出他的那把折叠刀，从写字台的一个抽屉里拿出一个软木塞。他用刀把软木塞切成均匀的薄片，用来垫稳那些摇摇晃晃的餐桌腿。